요시타케 신스케

오늘도 신경 쓰고 말았습니다

양지연 옮김

KB189495

김영사

지금은 새벽 2시.

푸딩
먹고 싶다.

삑

피옹

삑

피옹

아, 잠깐만.

상처 부위가
터진 것 같아.

지금까지 한 말 중에
어떤 말이 가장 좋아?

훗.

"나답게."
라는데!

'오늘 밤은 비엔나소시지'의
트레이드마크.

어,

마요네즈 바르니까
맛있다!

좋아하는 사람에게 말을 건 기념으로
만들었다는 설이 있습니다.

밤송이 킥.

물수건 터치.

호기롭게
혼자 서기.

어, 어.

떨어진다.
떨어진다.

어떠세요?

비눗방울
1년치.

세이――프. 세이――프.

기분 좋네.　　나도 좋네.

당신은
　　정말이지
　　　　뭐랄까.

나한테는
'딱'이야!

그 사람
　　기분이
　　　　좋아 보여서

오늘은 세상이
살만 하다.

난 나이가 들면
정말 멋있어질
거거든.

계속 지켜봐
줄래?

내가 좋아하는 사람이
내가 좋아하는 것을
좋아한다.

이보다 좋을 순 없지.

이렇게 어두운데
아직 5시라니!
득템한 기분.

6시인데 아직 밝아!
득템한 기분.

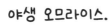

야생 오므라이스.

아, 어서 오세요.

빵 먹고 싶다.

밀라노 스타일.

그건
무슨 맛이야?

특기: 빵 쪼개기.

햄버그스테이크 만들기.

파 팍 팍   파 팍 팍

수수하고
   안경을 썼고

귀엽고.

이런.
엄청난 미인이면
         어떡하지!

껌 뱉는 중.

퉤.

귀여워.

긁적
긁적

오늘부터
넌 내 친구야.

건배 로봇.

아, 어느새

익숙해지고 말았다.

당연히
아는 줄 알았지.

당신의

행복은

오늘로 끝.

끝·······.

Comming Soon.

잠자는 제 얼굴,

무척 귀엽답니다.
어떠신지요.

굽신   굽신

엄마.

망가져도 되는 옷과

망가져도 되는
마음으로 모여!

나랑 시장에
같이 가자.

가서 금눈돔 눈을
같이 찔러 보자.

꾸욱

불고기 소스 코너.

우아!

둘이

같은 걸 좋아하게
해 주세요.

아~~.

치즈 맛을
자주 산다.

카시스
어쩌고저쩌고.

먹을래?

아니.

먹을래?

아니.

톡

아아아아앗!

이 식권 발매기
뭐가 뭔지
하나도 모르겠네!

가격이
좀 높은데.

그치.

좀
높은데.

나 혼자 슬픈 건
용납 못 해.

용납할 수 없어.

당신은 나를 실망시키는
일에서 만큼은

그야말로
천재군요.

진심 따위
절대로

말 안 할 거야.

가족이니까
사랑하긴 하겠지만

별로 좋아하진 않아.

때려치워.

때려치워.

변신!

옷 개는 법
기준
마련을….

웅찔

데굴데굴 데구루루

데루테루보즈*에게
타르타르소스를.

* 날씨가 맑기를 기원하며 걸어 두는 일본의 인형.

내려와라,
생크림아.

이게 소보로 밥의
클라이맥스.

아, 케첩은
사양할게요.

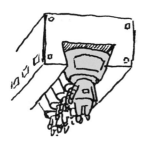

다 먹은 젤리 통을

포개 놓는 걸
좋아한다.

저기, 그러니까
지난번 안건은
검토해 보셨나요?

'지구를 좀 빌리겠다.'는
얘기 말이에요….

아, 굉장한 사실을
알아내고 싶다.

그럼 기분 정말
째지겠지.

뿌

아,
그리고 그거!
생크림!

생크림,
생크림!

엉뚱한 쓰임에
관심이 많습니다.

정말
중요한 일이니

10초 내로
결정해 주세요.

나
화장실
가고 싶어.

그리고
너랑 사귀고 싶어.

이제
사랑하는 사람을
잃음으로써

나는 완성됩니다.

전부터 여기에
붙어 있던데

이건 도대체 뭘까요.

엇갈리고
엇갈리고,

어긋나고
어긋나고.

인명 구조용
카스텔라.

도망치기엔 늦었다.

거짓말을 하고 싶어.

모든 일을 단번에 해결해 줄
완벽한 거짓말을.

꿀좋게
됐군요!

아,
죄송합니다.

제가 지금
좀 바빠서요.

흔해요.

제 고향
이탈리아에서는.

결과가 전부.
언제부턴가

내 머릿속에서
이런 생각이 커져만 간다.

하루하루가
그저그런
날들이 된 지

오래다.

마음 한구석이 늘

불안불안하다.

어찌할 수 없는
이 마음은

어디에서 온 걸까?
언제까지 있을까?

베개 던지기
프로 리그

프로 베개러

드디어 개막!

경기가 끝나면 그대로
다 같이 쿨쿨.

이불 님의
목소리가 들려와.

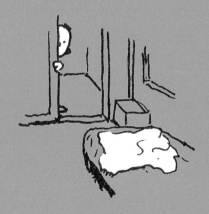

나를 부르고 있다.

사람을 너무 쉽게 믿는
바람에 자주 실패한다.

사람을 너무 쉽게 의심하는
바람에 자주 실패한다.

뭐,
두 번째라는 건...

대체로
이런 식입니다.

인간은

이런저런 걸 잃고 난 후에
더 깊어진다고 하네요.

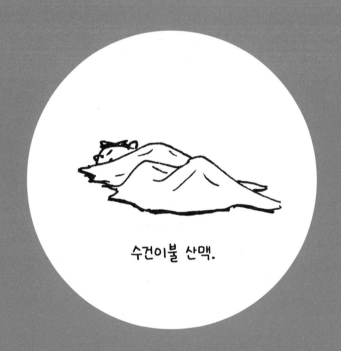

수건이불 산맥.

실수하기를 기다리기.

자기가
사람인 줄
아나 봐.

히.

히.

자기가
젊은 줄
아나 봐.

목욕 후
하드 한 입.

난 앞으로
어떻게 될까.

아직 아무것도
이루지 못한 우리,

어쩌세요.
함께 하실래요?

여기
독이 있습니다.

퐁

화해하면서
먹으려 했던
아이스크림이

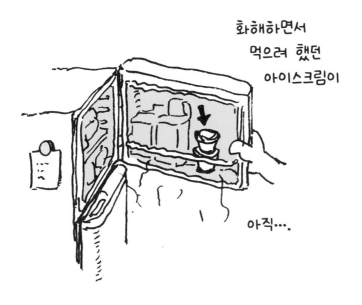

아직….

직원 일동.

둘이서 같이 보면
뭐든 재밌다.

호두 머리

옆면을 잡으면
내용물이 뿜어져
나올 수 있습니다.

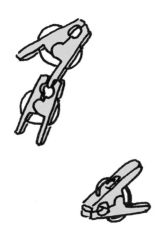

모리*입니다.　　하야시*입니다.

* 일본어로 모리(森), 하야시(林) 모두 숲을 뜻한다.

테니스 공을 튕길 때
나는 소리.

탱

7대 3이다.

흐리네.

가정용으로.

잠을

잘 자게 하는 주문.

☆ 준비물 ☆

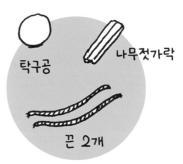

탁구공

나무젓가락

끈 2개

우선

정면에
좋아하는 사진을
걸어 둡니다.

이불에게 실례이므로

이불 속에서는
걱정을 삼갑니다.

감자튀김
나왔습니다.

엄마는 어디에서든
굴을 깐다.

지난번 그
제 행복에 관한 건
말인데요.

그 뒤로 어떻게 됐나요….

착
착

면발의 물기를
터는 일

스르르~

조심히 두부를
건지는 일

푸식
푸식
푸식

스테이플러 심을
박는 일

아아, 딱 이 일들만
해 보고 싶다.

이제
철없는 짓은
못 하겠군.

해 본 적도
없으면서.

아까부터 저기 떨어진
고무줄이 계속
눈에 밟힌다.

굵은 고무줄이라
더 마음에 든다.

아, 주워서 놀고 싶다.

눈에 티끌이 안 들어갔다니
이 얼마나 멋진 일인가요.

오, 하느님
감사합니다.

오늘도 무사히
쾌변을.

찍찍

↑
손가락을 촉촉하게
해 주는 스펀지.

칠칠치 못한
당신의 삶에

얼마나 큰 위로를
받았던지.

뭐지,
이 새콤달콤한
느낌은?

… 피클?

이렇게 5년,
10년이 지나도
이 일을

계속 좋아할 수
있을까?

간장을
따를
때마다

조마조마합니다.

바디 샴푸를
바꿔 봤다.

전에 쓰던 게
향이 더 좋네.

이상적인 집.

보드랍고 말랑말랑한
피부를 떠올리니

마음이 보들보들.

작은 새를
잡듯이.

오늘 엘리베이터 안에서
모르는 사람의 등에 붙은 실밥을
살짝 떼 주었습니다.

잘 보고 계시죠?
하느님.

음, 그러니까 당신은
무엇이 하고 싶었던 거죠?

행복에는 한계가
있지만,

불행에는 한계가 없다.

부장님,

사과
깎아 주세요.

부장님,

배드민턴 쳐요.

꽉 끼는 건
힘들다.

자,

그만 가자.
그만 가자.

생각보다
씩씩하게
잘 지내기를.

이제
너의 일상은

내가 모르는 것들로
가득하겠지.

그렇구나.

이제 더 이상
만질 수 없구나.

결국 늘
　　무리하고 만다.

무리할 수밖에 없는
　　그 사람에게.

　　　　　자, 그럼.

외로운 마음을
얼렁뚱땅
얼버무려 볼까요.

고치면
고쳐질 텐데
고치지 않고.

그건
그러니까,

그 사람에게
필요한 거니까.

휴.

기분이 처진다.

해 보니
어떻습니까?

자고 나면
나을 거야!

나을 거야!

만족도는 몇 점인가요?

알고 있다고요.

여기에 없다는
것쯤은.

그렇다면,
그러니까…

애정 결핍인 걸로.

삶의 균형이 중요하다.

아무리 생각해도
네가 필요해.

길을 걷다가
전철을 타다가
몸을 씻다가
과자 봉지를 뜯다가
양말을 개다가
이불 속에서 오른손을
　　　이마에 얹다가

떠오른 일,
생각난 일,

당장 그려 두지 않으면 분명
금방 잊어버릴
아주 작고 작은 일.

아, 오늘도
자꾸자꾸 생겨 난다.

지은이 요시타케 신스케

첫 그림책이자 출간 즉시 베스트셀러가 된 《이게 정말 사과일까?》로 제6회 MOE 그림책방 대상과 제61회 산케이 아동출판문화상 미술상을 받았다. 《이유가 있어요》로 제8회 MOE 그림책방 대상, 《벗지 말걸 그랬어》로 볼로냐 라가치상 특별상, 《이게 정말 천국일까?》로 제51회 신풍상을 받는 등 전 세계에서 인정받는 작가다. 그동안 그리고 쓴 책으로 《이게 정말 사과일까?》를 비롯해 《이게 정말 나일까?》 《이게 정말 천국일까?》 《이게 정말 마음일까?》 《나만 그런 게 아니었어》 《그 책은》 《도망치고, 찾고》 《더우면 벗으면 되지》 《나도 모르게 생각한 생각들》 《심심해 심심해》 《아빠가 되었습니다만,》 《있으려나 서점》 《머리는 이렇게 부스스해도》 《살짝 욕심이 생겼어》 등이 있다.

옮긴이 양지연

좋은 책을 우리말로 옮기는 번역가이다. 서강대학교에서 정치외교학, 북한대학원에서 문화언론학을 전공했다. 공공기관에서 홍보와 출판 업무를 담당했다. 하루 중 잠자기 전 아이와 함께 그림책 읽는 시간이 가장 행복한 엄마이기도 하다. 옮긴 책으로는 《이게 정말 마음일까?》 《만약의 세계》 《그 책은》 《추억 수리 공장》 《어이없는 진화》 《아빠는 육아휴직 중》 《의외로 친해지고 싶은 곤충 도감》 《정원 잡초와 사귀는 법》 《더우면 벗으면 되지》 등이 있다.

오늘도 신경 쓰고 말았습니다

1판 1쇄 인쇄 | 2024. 6. 13.
1판 1쇄 발행 | 2024. 6. 28.

요시타케 신스케 지음 | 양지연 옮김

발행처 김영사 | **발행인** 박강휘
편집 김인애 | **디자인** 고윤이 | **마케팅** 이철주 | **홍보** 조은우
등록번호 제 406-2003-036호 | **등록일자** 1979. 5. 17.
주소 경기도 파주시 문발로 197(우10881)
전화 마케팅부 031-955-3100 | 편집부 031-955-3113~20 | 팩스 031-955-3111

값은 표지에 있습니다.
ISBN 978-89-349-1107-4 03830

좋은 독자가 좋은 책을 만듭니다. 김영사는 독자 여러분의 의견에 항상 귀 기울이고 있습니다.
전자우편 book@gimmyoung.com | 홈페이지 www.gimmyoungjr.com

부아ー앙